고해소 앞에는 등불이 켜져있다

고해소 앞에는 등불이 켜져있다

문승현 시집

개미

| 발간사 |

사류(四流)란 대체로 문장 밖에서 사실을 이끌어와 그 비슷한 뜻으로 옛 일을 인용하여 지금의 일을 인증하는 것이라고 '문심조룡사류'에서 말하고 있습니다. 2017년 현재는 2010년~2017년을 반추하고 있습니다.

2014~2017년 상반기 재)한국출판문화산업진흥원에서 주최 주관하는 세종도서문학나눔에 그동안 전문예술단체 〈장애인인식개선오늘〉에서 지원한 작가들이 출간한 시집 총 여섯 권이 선정되었습니다.

총 43종 51,000권의 책과 127명의 작가를 배출했습니다. 또 이들의 시편 중에서 빼어난 작품을 골라 2016년~17년 현재 30편이 넘는 작품을 8명의 전문작곡가들에게 의뢰해 제작하였습니다. 이미 제작된 작품 중 초연, 재연이 된 것도 있습니다.

그에 따른 칭찬으로 2015년 한국장애인문화예술대상 문학부문에 문화체육관광부 장관 표창을 받았고, 2016년 재)예술경영지원센터에서 우수법인단체로 인증을 받았습니다. 뿐만 아니라 대전광역시 문화예술진흥조례에 전문예술법인단체 보조금지원 근거법에 장애인예술단체도 삽입하였습니다. '장애인'과 '문화'의 이원화된 편견을 일원화시킨 노력이 결실을 보았고, 장애인단체인 장애인인식개선오늘로부터 출발한 장애인창작활동지원사업이 대전문화재단의 공모사업으로 편입되었습니다. 이는 민간단체가 사업을 공공의 기능성 사업으로 편입된 좋은 사례가 될 것입니다.

지자체와 민간단체와의 사회적 함의를 통한 제도적 지원과 단체의 노력을 통한 결실이 전국에 최초의 모범적 사례로 알려지게 되었습니다. 올해도 마찬가지로 운영비 없이 보조금으로 진행하는 힘든 고행을 견디고 1권의 수필과 2권의 시집 그동안 우수도서로 선정된 작가와 참여작가 중 좋은 작품을 보내온 공동시집까지 총 4종의 책 4,000권을 발간하게 되었습니다.

이와 같은 노력으로 내년에는 전국의 장애인 예술인들을 초대하여 '소통의 계기'를 마련하는 전국장애인창작활동 발표 및 향유의 사회적 함의를 이끌어낸 원년으로 삼고자 매진하고 있습니다. 이미 대전광역시의 이러한 노력은 '장애인문화운동의 허브'로 브랜드화가 진행된 '콘텐츠의 산실'로 주목받고 있습니다.

이에 2017년 선정작가 및 참여작가 한 분 한 분의 옥고가 소중했습니다. 뿐만 아니라 많은 이사들, 운영위원들, 박지영 사무처장을 비롯해 홍보이사들 그리고 단국대학교 박덕규 교수님, 개미출판사 정화숙 대표와 최대순 시인께 진심으로 감사드립니다.

늘 도전하며 겸손한 삶으로 견디며 목적지까지 갈 수 있도록 후원해 주신 기업과 관심을 가져준 많은 기업 대표들께 진심으로 감사드립니다.

2017년 12월
장애인인식개선 오늘
대표 박재홍

| 머리말 |

'고해소 앞에는 등불이 켜져있다'고 고백한 지 이십 년이 되었습니다.

돌이켜 말하지만 '미워했습니다. 누구보다도 나를' 그래서 어머니, 누구보다 당신의 마음을 아프게 해드렸습니다. 주린 배를 핑계 삼아 여러 신들의 유혹을 즐거이 받들었습니다.

'또, 내가 가득한 내안에 다른 무엇도 없이' 다시 돌아보면 이십 년 전에도 지금의 나도 '이것이 시가 될 것' 이라고 믿지 않았습니다. 그러나 이것이 '고해소 앞에는 등불이 켜져있다'고 하여 '고백이 된다고 하여도' 용서는 구할 수 없었습니다.

그것은 어머니, '당신은 이미 용서하셨으니까요'

이십 년 동안 글과 그림을 그려왔습니다. 예기치 않은 기회에 『고해소 앞에는 등불이 켜져있다』 라는 시집을 상재하게 되어 두렵고 떨립니다. 해설을 써주신 박재홍 시인님과 발행해 주신 〈장애인인식개선오늘〉과 박지영 사무처장님께 감사함을 표합니다.

내가 살아가는 동안 사랑을 가르쳐 주신 어머니 아버지, 사랑하는 누나 동생에게도 다시, 사랑한다 말을 전하고 싶습니다.

2017년 12월
문승현

고해소 앞에는 등불이 켜져있다
차례

제2부

제3부

제4부

해설

제1부

미시령

사랑만큼 깊은 하늘이었다

깨질듯한 그리움이 휘몰아치고
등을 떠미는 바위들이 울부짖는

온몸으로 하늘을 느끼며
추락하고 싶었다

시간의 흐름을 거슬러 오르는
물길에 네가 있어

하늘은 그렇게 깨져 버렸나 보다

가을

北窓에 나부끼는 푸른 잉크빛 햇살이 저으기 가난하다

바알간 대추알이 잔인하게 익어 가는
사색(思索)의 주검들이 하늘로 나는

홀로 섰다, 어둔 방안을 서성이며 굶주린 사랑
그런 날, 나는 고백하고 싶다

비행

푸른 산에 잠긴 무서운 달이 피빛 東天에 피어나고

구름이 엇갈려 내비친 처량한 호수 안에는
상처 입은 날개를 단 사람의 이름이 있다

작은 가슴속에는 조각난 파편들이 박혀 있어
천구(天球)를 지나는 주검이 확인되지 않았다

귀가

저문 하늘 아래 장미 눈물방울이 빛나고

골목을 쏘다니던 아이들은 노오란
수은 불빛이 차갑게 음영으로 남을 즈음

한낱 보잘 것 없는 神의 이름을 빌린
상념(想念)들만 빈 허공을 삭이며
젖은 담벼락을 긁고 있다

바람이 모질게도 부는 날

금빛 햇살이 낙엽 위를 흐르고 파란 끝을 헤매는
'나'

이름 모를 가을꽃 가냘픈 흩날림
창밖으로 별똥별이 내리는 오후

나는, 저 하늘의 영원성을 데생하였습니다

보름밤

달빛이 창가에 앉는 선달 보름

내 꿈의 저편에서 햇살이 돋고,
찬란한 겨울 하늘에 번지는 눈부심
참 흐뭇하고도 서러웠다

스스로 메마른 내 모자란 사랑
눈밭을 적시는 중에 멈칫거린다

권태

한밤을 지새우고 나면 또 다른 한밤이 다가오자 태양은
또 다른 한밤을 향하여 기어오른다

우리는 오늘과 다른 야릇한 침상으로
기어들어 가는 거다

이런 쓸데없는 낙서처럼 욕정에 사로잡힌 詩도
먼지처럼 녹아 없어지는 거다

하얀밤

또다시 밤을 새워 너를 바라보았다
참 아름다웠구나

밝은 밤 눈밭을 달려 너에게로 흐르건만
너,

지칠 줄 모르는 은하보다 아름다울 줄은
나,

알지 못하였구나

이별

헤어지고 싶다 서로의 발길 보듬어 주고
우리 헤어짐 축복해주며 우리 서로가
아꼈던 말을 나누는 순간 알아버렸다

'사랑이었다는 것, 사랑이라는 것'

유기적 생명체였다는 것을

산촌의 꿈

봄볕에 목마른 바람은 이른 어둠에 쉬고
설운 대지의 마음을 모르는 듯
철없는 별들의 노래는
산새들의 푸른 메아리를 적시고
머리칼만 한 움큼 자라 돌아온
아들의 꿈은
아직도 옛이야기 속의 이마가
희고 보드라웠던
당신의 얼굴을 모릅니다

소쩍새

가여운 새, 떨구어진 꽃잎이 바스라지는 마른 밤을
너는 모르는 듯 목을 태워 부르는

너의 詩가 이제 나는 힘겹구나

사마귀

사나운 고추밭 폐허 위에 드러누운
너,

외딴 무덤 위를 쩡쩡거리며 치솟는
해가,

네 이마의 이슬을 훔치도록 너는

한때, 가슴을 훑는 잔인한 버마재비였다

나는 나의 사랑을
새벽 기슭에 숨겨 놓았기에

계절의 소멸시효에 맞추어
두렵지 않고 네게 물린 곳에 자란
티눈처럼 웃으며 눕는다

끝

그래, 어느 끝으로 가면 수 없이 헤매다
먹을 대로 먹어 움쩍하지 못 하기 전에
어머니의 눈물이 비추지 않을
어느 끝으로 가자

추억

머리칼 한 올이 신선하게 얼었다.

추억이 유리창 성애처럼 뿌옇다 사람이 골목을 따라
즐비하게 널브러져 있어도 추억은 드라이아이스처럼
들러붙는다

낙엽이 한 올 머리칼처럼 쓸려가도 낙엽은 추억처럼 차갑다
모정의 품으로 안아주어도 기억은 역사처럼 족적이 남는다

명동성당

한낮의 졸음 속에 있었다

미사가 있는 것도 아닌데 성당은 허파 가득히
더운 공기를 들이마시며 안으로 울
준비를 하고 있었다

성당 오르는 길은 세상에 하나 울 것 없어 보이더니
동산에 어머니는 이천 년을 하루같이 우셨다 했다
그러함일까 파이프오르간은 삼종기도 종소리에
그 긴 성대를 가다듬었다

이윽고 허파는 오색찬란한 울음으로
부서지고 아들은 어머니 앞에서
숨을 거두었다

단풍

붉게 물든 내 몸, 뜻이 있으나 없으나
하나의 모습으로 내 몸을
부르짖지는 않았다

그러나 이리 뜻 없이 불러도
우리에게 아무 뜻 없는 문자로
그래서 우리는 즐거울 뿐

신선한 삶

그것은 내 허망한 시간의 죄 남겨진 때를 그토록 열렬히 사랑해야 했다 하면
나는 왜 그토록 차갑게 슬퍼해야 했을까 왜 그토록 쓰디쓴 웃음만을
지으며 싱겁게 뒤돌아서야 했을까

지나간 여름 햇볕이 땅 위에 뜨겁게 목놓아 울었을 때
나의 골은 냉장고에서 상하지 않았다

11월의 비

내가 떠듬거리며 말을 하기 시작하던 날
너는 아직 준비되지 않은 처녀의 몸

바람은 거칠어져 깃발을 찢고 휴식을 모르는
계절은 메말라 멈추어 부서지는 시간 속에
내 속에 차오르는 눈물이 지층 밑으로 흘렀다

자화상

밤새 그린 캔버스에는 얼굴이 슬프다 일어나 즐거울 때에도
처음 맞이하는 너인 것처럼 겉으로 웃지만 굳어진 화면은
익명의 얼굴,

하나의 울음이 번져 꽃이 되고 시드는 가슴이 되어 흩어질 노래
이름이 없는 얼굴에 비친 내 얼굴에는 맺힘이 없다

제2부

그 사람

언제라도 볼 수 있었을 사람 차마 이름 부르지 못 했을 사람 사람이 사는 것은
단지 불려지기 위하여 기억으로 있는 것은 아닐진대

모든 죽음을 넘어서 부르지 못할 이름일지라도 사랑스럽게 불러야 할 사람
언제나 잊혀짐 속으로 떠나는 사람

지구본

오늘도 떠도는 너의 머리 꼭대기에 앉아 운다

먼지바람, 그 머리칼에 미쳐 검은 눈물 쏟아내고
움트는 나무, 죽음의 마지막 알몸을 보고야 말았다

떠도는 너 모르고 운다

서러운 피조물이 내일도 횡단하는 철근 콘크리트 구조
물이
희뿌연 하늘을 흐르는 푸른 강물에 목을 놓아 울듯

떠도는 너 내일도 어제인 너

사라진 봄, 설렘 없이 우기(雨期)가 와도
슬픔이 없는 것을 아쉬워할 수 없는 너

오늘도 운다 내일처럼

목련

목마른 바람은 불어도 수줍은 삶은 흐드러지게 피어나고
철없는 햇빛에 빛나는 희고 차가운 젖가슴처럼
간절한 희열로 이름 불러야 할
당신

그늘도 없이 타드는 입술
가여움 없는 향기는 굳세고 보드라운 非情.
당신의 곧고 여린 어깨엔 떨림이 없어

깊고 고요한 당신의 뜰 앞을 서성이다 져버린 恨이 머
무는 곳
따뜻이 안겨야 할 당신의 품은 내일도 시린 당신의 意志.
오늘 당신의 함박웃음도 서럽건만

다시 당신의 깨어나야 할 한순간에는 다시 깨어나는
언제나 고맙고 착했던 이 계절 한 잎 남김도 없는 참되고
애정 어린 축복으로 망각하는 것

아이스크림 먹다

온통 새까만 날 입 안이 모래로 가득한 날
힘줄은 끊겨 산뜻한 봄바람에도 쓰러져 뒹구는 날
뇌수는 굳고 심장은 탔다

바람도 없이 살구꽃이 만발하는 젊은 날
絶望이 쓰디쓴 悲劇의 시작이라 해도
더운 그리움이 복받쳐 육욕의 신음이 온몸을 사르더라도
그것은 生의 진실된 언어

누구도 몰랐던 것처럼
쓰고 아린 푸르른 젊은 날의 목마름은 가실 줄 모르고
온통 새까만 밤하늘에 누워
은모랫빛 휘황한 별들에 잠겨
끊어진 힘줄을 부여잡고 거문고를 타노니
다시 목구멍으로 달콤한 눈물에 잠긴다

오늘 세수를 했다

눈을 짓누르는 납빛 어둠에
봄은 아직 까만가보다

부러질 듯이 목으로 들어올린 무거운 머리칼이
허파를 훑고 간
모진 새벽바람에 부서져 날리고
감광지에 드리운 푸른 그림자처럼 또렷이 남을 줄 알았던 어제의 너도 텅 빈
가슴팍만 무너뜨려 놓고 나풀나풀 너의 계절로 돌아갔구나

독한 밤을 홀로 지센 내 육신아
납독 오른 검은 얼굴로 차갑게 목마른 내 의지여
봄은 아직 까맣고 흙은 입속에 가득하나니
허약한 존재가 건널 수 없는 강물처럼
억겁을 흐를 눈물로 내 시든 얼굴을 씻는다

봄처럼 라일락 향기가 부는 새벽에
미라처럼 꺼져드는 얼굴로 세수를 했다

반성문

그림 하나 詩 하나 소리 하나 하나면 족하더라

우리는 언제나 슬픔의 바다 위에 떠도는 난파선의 잔해
조류와 파도는 우리를 알 수 없는 대양의 끝으로 인도하고

나는 어느 백사장에 누워 해와 별을 생각해 보니
슬픔의 바다 위에 나는 거짓말만
사정하고 있었더라

다시 혼자 걷다

다시 혼자 걷자 영혼들의 안식처로
기쁜 순교자처럼 혼자서 이내 다가올 땅
밑을 흐르는 탁한 바람과
비명들의 영혼 이곳에서 잠들리라

모든 죽음을 넘어 이 계절에 우리가 다시 보아야 할 곳으로
다시 혼자서 걷자

집행

어제는 세상 끝날 것처럼 비, 기억의 먼 풍경 속에서 내 어린 것들의 해맑은 웃음이 피눈물 흘리고 있던 오랜 꿈은 어리석어지고 고왔던 옛정도 이제는 설움을 몰라 어여쁜 그대의 하얀 웨딩드레스는 배반에 물들어 노을빛으로 붉게 타고

계절과 별들의 움직임처럼 사람의 마음을 모르는 서슬퍼런 이름은 끝도 없는 배신의 노래를 향해 거룩한 분노를 던지나니

더는 세상에 시가 없어 그대들 더운 사랑을 나누고 잠든 밤처럼 깊은 평온을 이룰 참으로 기적처럼 사람은 이름이 되고 이름은 별이 되어 저 영원한 천구에 운행하는 운명이 될 오늘은 내 어린 것들의 해맑은 웃음 속에서 나에게 돌을 던졌다

소녀

오늘도 십오 층에서 중력을 잃었다

준엄하게 치솟은 벼랑 끝 어제, 꽃처럼 흩날리던 그녀들처럼
장렬한 주검 하나가 되기를 마지않았던

너는 오늘 어머니가 될 수는 없었나보다 쓴 향기를 모르고서
더는 아들처럼 붉은 꽃으로는 부르지 못하리니

참혹한 물거품의 전설이 너를 삼키더라도
밤낮 하루 동안의 탄산가스 같은 혓바닥들의 전설을
너는 용서치 말라

내일 너를 기다릴 것은 책상 위에는
벌써 꺾어진 국화 두 송이
바람결에 웃음 지으리라
소녀여

흡혈귀

내 아주 어릴 적 이제 막 앞니가 뾰족이 나기 시작할 무렵
나는 일생 서러운 열병을 앓았었어

힘이 없어 젖을 빨지 못하는 내게 어머니는 내 날카로운 하얀 이가
젖꼭지를 베어내기까지 미련한 모정으로 젖을 물리셨어

그때 나는 어머니의 젖과 내가 베어낸 젖꼭지에서 떨어지는 피로
오늘을 살았던 것 같아

세상 모든 아들과 딸은 제 어미 아비의 땀과 피로 오늘을 살지
그래서 너희는 모두 아귀 같은 흡혈귀야

살아 있는 모두가 그와 같아 살아 있는 모든 것은 또 다른 살아 있는

모든 것의 피로 오늘을 살고 어미와 아비의 새끼들도
내일을 살기 위하여 어미와 아비의 살과 피를 마시며
오늘 가엾은 흡혈귀가 되는 것이야

낮밤

어둠 내리면 모두 쉬는 세상 나는
보이지 않는 절반이 되어
내 한 구석을 열심히 환히 밝혀야 해

낮과 밤은 언제나 서로를 볼 수 없는 반대편에 있는 게 아냐
우리가 우리를 쉬일 동안 온 세상 즐겁게 날던 우리의 꿈이 돌아올 적에
우리의 밤은 낮과 나란히 있길 좋아하지

그러니까, 내 한 구석에서도 언제나 싱그러운 햇살과 촉촉한 새들의 지저귐과 푸른 하늘과 숲의 탐스러움이 조용하고 찬란한 별들의 노래와 그리운 사람의 영혼과 더불어 언제나 함께했으면 좋겠어 보이지 않는 절반이 되어
내 한 구석을 열심히 환히 해야 해.

똥을 눴다

삼류 멜로드라마를 아무리 소화시켜도
눈물 한 방울 나오지 않더니
대장에서 쓸쓸히 삭아져간
비생산적 생활의 희생자들
야비한 배신자로서 나는
그들을 영원한 미궁 속으로 빠뜨려야 하는
고통으로 개처럼 할딱인다

태아처럼
무거운 슬픔이 비열한 뱃속을 비집고
비울 줄 모르는 육욕의 쬐끄만 배설구를
사정없이 찢는 노쇠한 희생자들의 분노가
파렴치한 배신자를 처단하려는 구나

굳고 위대한 역사처럼 오늘을 사는 것은 숱한 희생의
대가
오늘 이 슬픈 생활을 위하여 소화되기를 마지않았던
생명의 살과 피여

내 일생 죄책감 없이 숨 쉬어야 한다면
그것이 야비한 멜로일지니

오동나무 꽃

도서관 가는 좁단 길 고된 땀이 묻힌 판잣집 하나 덩그렇게 누워있는
뒤안길로 떠날 마을 하나
돌아오면 찾는 떠나는 자들 그늘 아래
심어 놓은 오동 한 그루

무성히 매달은 눈물들
풍경처럼 바람에 날리어
백성들의 노곤한
가슴의 연보랏빛 피멍으로는
꽃피지 마라 자꾸

소나기

다시 이어지는 끝없는 청중의 기립박수가
지붕을 때린다

찬란한 불꽃
보랏빛으로 온 대지를 울리고
서러웠던 밤
은혜로운 하늘은
세상 처음 날에도 이러했으련만

종은 사나운 혀로
제 가슴만 찢었다

은둔

숨어들어 온 산은 내 하얀 새벽을 원망하며
눈물 한 방울 흩뿌리며 달려드는 것은 졸음이 아니다
불사조 같은 나방이며 하루살이며
위대한 목숨들이다

추방되어 온 산은
오늘 가소로운 내 쉼을 위하여
홀로 울었다

새벽소묘

새벽은 다시는 오지 않아요
당신을 그릴 수 없어요
목말라 하지 않겠어요
차라리 노을로 단장하고
미완성이 되세요
당신은 나의 손에서 깊은 사랑의 흔적을 지우셨죠

당신의 메마르고 거친 뺨은 내 가슴을 할퀴고 말았어요
당신은 나를 살게 하셨지만 다시는 새벽은 오지 않아요

그날의 새벽처럼
노을이 붉고, 파란 산등성이 사이로 햇살이 심장을 찔러도
당신은 미완성이에요

비

추락하고 싶다 아스팔트에 꽂히는 눈물처럼 동그라미 그리며 반짝이는 미운 혼 하나 떨어내고 싶다 혼은 무수히 흩어져 오월에 내리는 당신의 축복이 되어 흐를지라도 버거운 심장 하나 날카로운 강에 의심 없이 뿌리고 싶다

마지막 나를 끝없이 미워하는 날 황금의 하늘이 통곡하며 빛났다 마침내 눈물의 장막이 펼쳐지고 당신의 삼단 같은 머릿결처럼 곧은 설움들이 불을 뿜으며 축복하는 날 미움은 휩쓸려가고 나는 마지막 하늘을 우러르고 싶다

물 위에 흐르는 착한 이들의 별은 살아 있는 것들을 위하여 지고 당신의 웃음처럼 살아오는 풀꽃의 숨결로 다시 피는 눈물 미운 혼 하나 오월의 대지에 칼날이 되어 꽂히고 날카로운 강이 붉게 빛나 소리 없는 심장은 멎지 않았다

기립박수 소리 천장을 타넘고 간 뒤 숲은 의심 없는 것

들로 가득 차고 사람의 거리를 쪼이던 살기는 마지막 하늘을 태웠다. 나에게는 한이 없을 것이지만 당신의 그림자는 새로 돋아난 해의 구름처럼 뽀얀 얼굴로 나를 끝없이 추락하게 한다

X선

잡히지 않는 존재가 나를 꿰뚫고 지나갔다 했다. 수천 억 년 전 별빛이 시간을 뚫고 당신의 망막 위에 미끄러지는 것처럼 볼 수 없는 존재가 나를 꿰뚫어 보고 있다 했다

세상의 모든 이야기를 지어낸 전능이 나를 만들어 내던 그때처럼 존재가 내 골수를 꿰뚫어 숨길 수 없는 생채기를 뒤집어 놓아도 나의 존재는 아픔을 느끼지 못한다 했다

더 이상은 배를 갈라 살을 발라내지 않고서도 내 똥 가득한 시꺼먼 뱃속이 일거에 폭로되어진다 했다. 아, 숱한 날 내 허파를 휘돌던 지옥의 유황불이여, 생채기를 뒤덮고 죽음의 혓바닥만 놀려대던 악의 찌꺼기들이여, 존재가 너희들을 꿰뚫는 신음에 나는 온 밤을 졸여 잠 못 이루었다

아, 털 난 심장아, 삐뚤어진 척추여, 검은 창자들이여, 내 정녕 너희들을 숨겨줄 수 없음이 존재 아래 그대로이니 썩어질 한 줌 흙 존재여 비정하게 꿰뚫어 도려라

사랑했을 때

차갑게 바람이 불다 십일월의 벽에 부딪힌다
잎사귀 하나하나 즐거이 뒹구는 빛깔 없는 거리
오래 언 뺨을 녹여 흐르는 네 눈물처럼
오늘 내리는 비는 참으로 너의 품속 같구나

숲 사이로 흐르는 여린 햇살처럼
흐르는 것들은 기다림을 모르고
매서운 강물은 네 하얀 손 파랗게 베고 가는 데
굵은 너의 눈동자에 어린 하늘만 깊다

그리하여 나는 거짓이다
모든 약속은 배신자의 푸른 칼날만 받아라
너를 안고 다닐 영겁의 세월이 기다림을 모르듯
믿었던 길디 긴 노래는 지금 너의 따스한 입술로 고요한 별만 되나니
말간 웃음만 빗속으로 흘러라

우리

비로소 따뜻해져야 할 계절에는
삶에 참으로 향기로웠던 한순간의 첫 키스처럼
우리는 보잘것없는 미소로
소름끼치도록 굳고 무거운 숙명을 침묵하자

내리는 눈이 거침없이 진실을 덮듯
어리석은 절망은 슬픔을 알지 못하고
이마 위에 비치는 햇살만 날카로이 네 하얀 가슴을 베어
피어나는 푸른 통곡으로 젖어드는 생명의 외로움

우리 다시는 만나지 말자 다시는 서로의 은혜로운 포옹에 외로워하지 말자
언제나 진실은 살아가는 모든 것의 기쁨은 아니었지
우리 다시는 내리는 눈 속에서 진실을 이야기하지는 말자
이것이 우리의 宿命일지라도 비로소 따뜻해져야 할 계절에
우리는 우리를 이야기하지는 말자

눈물

보여 주세요 당신의 별들
꿈들 아침을 깨우던 새들의 지저귐들
햇살을 받은 이슬의 반짝거림
풀잎의 재잘거림과 물푸레나무 꽃의 향기로운 아침인사를
내게 보여 주세요

다시 당신의 눈동자가 나를 바라보며
유리로 만든 종소리로 내 영혼에 푸르른 음악을 선사하면
당신은 내 안에서 마음을 열어
향기로운 장밋빛 그늘 아래 춤추는 따스한 바람이 되어요

그리고 천진스런 입술에 번지는 미소로 당신은 내게 보여 주세요
파란 하늘에 비치는 대지의 저편
풍요로운 노을의 금빛 입맞춤으로

당신의 투명한 가슴 하나 가득
고인 노래 보여주세요

당신의 별들이 다시 꿈을 깨우고
우윳빛 강물이 하늘로 흐르는
당신의 의미가 내게 주어진 시간에는
보여주세요

내게서 詩가 된 당신의 눈물

제3부

삶

이야기는 끝날 것을 안다
하지만 안다는 것은 모른다는 것을 이야기하는 것
이야기는 끝날 것 같지 않다

이야기는 이런 철없음에서 나오고
그것은 내가 너를 생각하는 것과 같다
그래서 이야기는 부질없어지고
나는 배고픈가 보다

끝내
이야기가 끝날 것 같지 않거든
너를 놓아 줘야 하는 것을
나는 안다

이로써 배고픔도 끝날 것을
그래서 이야기도 끝날 것을
그리하여 나는 확실한 것을 안다

모른다는 것을 이야기하는 이야기는 끝날 줄을 모른다는 것을

그리하여 차고 따사롭게 흰 눈 내리는 긴긴 겨울 한 밤이
우리의 보드라운 추억 속에서 끝나지 않는 이야기로
가득하다는 것을

계략

숲은 낙엽에 묻혀 계절을 회상하고 있었다.
진실을 드러낸 산은 번뜩이는 은빛 이빨로 하늘을 씹고
새로 뜨는 붉은 달은 차고 매서운 노을에 잠겨
다시 오는 아픈 날의 아침을 바라보고 있었다

음모는 알 수 없는 말로부터 시작되고
가련한 운명의 주인공은 해방의 이름으로 순교자의 길을 걸어
기쁨 없는 참 모습 속에 들어가고 있었다

아들들의 붉은 얼굴이 하얀 분노로 하늘에 진동하는 포연을 쏟으면
눈물 속에 사무친 여인들의 가슴은 보이지 않고
한마디 비수를 들어 겨울에 꽂는데
생명의 음모는 끝을 모르고
통증은 나날이 깊어 가고 있었다

숲의 진실은 가난하였고 풍요롭게 지는 달을 바라보는

상냥한
아침은 아픈 음모를 가렸다 아들의 이름 속에 빛나는 이슬은
가슴을 헤친 어느 여인의 한인지도 모르고 철없이 말갛고
순교자의 가슴에 꽂힌 비수는 생명의 기쁨으로 피어나는데
과연 완전한 계략처럼 외로움은 찬란하였다

이별별곡

제가 이제 당신을 떠나보내려 해요
배꽃 지던 날처럼 눈 오는 밤에
당신의 설레는 웃음처럼
저는 이제 당신을 떠나보내요

이제 제가 당신을 놓아드리려 해요
한없이 곱게 간직하려 했던 당신을
저는 이제 놓아드려요

저는 이제 제게서 당신을 비우려 해요
참으로 경이로운 은하수처럼
가슴 저린 음악이 흐르면
당신을 비워요

제가 이제 당신 곁에 있지 못하는 것은 새로 태어난
별들의 노래 안에서 숨 쉬는 우리 숨결이
진정 서로가 그리워할 것을 알고 있기 때문일 거예요

별들의 가장 아름다운 순간에 노래가 멎고
서로의 그리움도 멎을 그때에도
저는 당신을 떠나보내요

겨울 소곡

이렇게 그대의 눈동자 같은 겨울에는
기침을 조심하셔야 해요
고요한 겨울 같은 그대의 눈동자가
소스라쳐 잠 못 드는 기침에 놀라
얼음별에서 흩날리는 눈송이처럼
깨어져 흩어져버리면 안되니까요

이렇게 그대의 콧마루에 깃든 햇볕 같은 겨울에는
기침을 조심하셔야 해요
참 하얀 겨울 같은 그대의 코끝에 맴도는 햇볕이
메말라 가시 돋친 기침에 할퀴어
광야에 부는 쓰라린 모래바람처럼
스산케 지워져버리면 안되니까요

이렇게 그대의 말간 입술 같은 겨울에는
기침을 조심하셔야 해요
어두운 산을 헤매는 울음처럼
떨리는 무서움 흐려져 버리면 안되니까요

이렇게 그대의 붉은 귓불 같고 반듯한 이마 같고 발그레한 뺨 같은

겨울에는 기침을 조심하셔야 해요

참 예쁘고 따스한 겨울 같은 그대의 얼굴이

절망 깊은 곳에서 올라오는 시퍼런 칼날 같은 기침에 베어

한없는 의심에 지친 목숨처럼

적막한 삼도천에 흐르는 그리움이 되어 흘러가버리면 안되니까요

눈썹

언제나 당신 얼굴엔 달이 떠요 파란 당신 얼굴엔 언제나 반달이 떠요
희고 고운 웃음으로 당신 얼굴엔 언제나 반달이 걸려요

초승달 뜰 때부터 그믐달 질 때까지 당신 얼굴엔 언제나
당신 얼굴처럼 따뜻한 밝고 예쁜 달만 떠요

잊으리

간절한 애원 뜨거운 포옹 서러운 흐느낌
젖은 뺨 붉은 얼굴 엉클어져 버린 머리칼
모두 잊으리 잊어버리리

적막에 싸여 멀어지던 모습도 어둔 안개를 헤집고
떨어지던 빗방울도 긴 입김에 섞여 흐르던
회한도 잊으리 모두 잊어버리리

나만 나 혼자서만 그러면 되리라 그래야만 되리라
잊으려 잊으려도 아니 되면 그래야 그래야만 되리라

풀어헤친 머리칼로 닦아내던 젖은 뺨도
석류처럼 눈시울 붉던 얼굴도
뜨겁게 안으며 흐느끼던 간절한 애원도
잊으리 잊어버리리

가을의 빛

언제나 생각하는 마음은
끝도 없이 깊은 하늘에 흐르던 당신

목숨을 불태워 향기롭게 하고파
철모르고 피던 눈물은
정녕 영롱한 당신의 노래

가득한 햇볕의 즐거운 웃음으로
바래는 꿈은
파란 당신을 모르고
빛나는 그리움으로만 타드는데

샛별도 잠들던 고요로운 당신 입술은
저무는 계절의 외로움을 적시고
새로운 생명의 환희는 힘겨운 진실에 목메어
복받치는 설움을 흩날리고

빛은 얼굴마다 한이 없다

차

이른 아침 한 잔을 곱게 마셨다

눈 감으면 보이는 꿈을
못 잊어

찻잔에 어린 너도
곱게 마셨다

목숨

기다려야 하나니 목숨은 기다리는 것이다
끊임없이 기다려 끝이 오면
그때에야 목숨은 목숨이다

내가 가진 목숨이
이처럼 나의 것이 아니라 해도
설울 것이 없는 것
하나의 목숨은
또 다른 하나의 목숨으로
목숨이라 불리는 것을
사람만 몰라
나뉜 목숨으로 외로운 것이리니

나 진정 자유로운 목숨이고 싶다
하나의 목숨으로 기다려
또 하나의 목숨으로 불리는
끝없이 자유로운 목숨이고 싶다

미련

그러나 나는 한 올의 무엇도 여기 남기지 않으리

찬 미소는 거두어라

깃발처럼 치맛자락만 펄럭이며 너는 꼿꼿하게 서리
너의 무엇도 나는 가지지 않았다 기다란 인연만
휘감곤 했을 뿐 삼킬 수 없는 폭소는 가래처럼
미련한 것이 未練을 남기는 법

나는 분명 내 생각보다 훨씬 약은 것이 확실하다

이리 교활한 혓바닥만 길게 자랐으니
그래도 너는 무언가 하고 싶을 게다
구린내 나는 서로의 입술에서 무엇을 얻어야 할까

성스런 고해성사는 이미 끝나고

영원히 남을 것은 똬리를 튼 껍데기
그리고 한 줌의 뻔뻔함일 뿐

바람(所望)

밤새 눈은 내렸습니다. 참 모질게도 짓밟히는 모든 것을 가려버리고
다시 소리도 없이 눈처럼 오는 새벽에도 그칠 줄 모르는
눈은 밤새 내렸습니다

짓밟혀 무엇도 보이지 않는 아침은 밀려오고
당신의 까만 눈동자에 가득한 눈물에 젖은 별들은
잊혀진 믿음처럼 숱 많은 당신의 머릿결을 타고
아득히 외치는 따뜻한 나무들의 기억 속을 흐르고 흘러
기다리지 못할 것들의 약속을 미련스럽게 믿어 버렸습니다

기우는 해도 보이지 않아 살을 에이던 시퍼런 추억이 눈밭을 떠돌고
목숨이 목숨으로 불려지기 위하여 아파해야 할 목숨의 깊은 계절에
하염없이 지나온 진실의 흔적들은 이미 눈부신 은빛아래 지워져

당신의 모든 온전한 믿음은 돌아갈 길을 잃고 거룩한 연민만 남아
곧은 숨결은 도도한 강이 되었습니다

벽

그 여자의 가슴속에는 한 알의 능금 같은
붉은 벽이 있다 그 벽은 강철이며
벽은 수정이고 벽은 파도다

벽은 짙은 여름날 시린 칼날이다

벽은 살아서 펄펄 뛰노는 그리움이며
피 끓는 기다림이 고요한 의지다

벽은 결코 돌아오지 않을 내일을 부수고
기쁜 웃음 속에 사는 아픔을 찬미한다
벽은 높고 그윽하다

그 누구도 허물지 못할 벽은 홀로 붉어
별들 사이로 닥치는 메마른 폭풍은
벽은 눈물 없는 노래가 된다

그 여자의 가슴속에 숨 쉬는 붉은 벽은
참으로 쉼 없는 하늘을 닮아 푸르다

졸업

옛 기억이 따뜻해 오늘처럼 매화꽃이 희게 피는 날은
연분홍빛 웃음만 눈부시고 봄비 투명하게 내리는
우리 사랑의 돌아오지 못할 길은
아스라이 멀어지는데 못난 자식의 눈물로
잊혀지는 약속은 당신의 얼굴을 휘도는 것을
꿈은 겨울처럼 오늘로 사그라지고
오는 봄에 당신의 얼굴에서 눈부신 웃음이 되지요

여드름

그런데 나는 선뜻 용기가 나지 않았다 어쩌면 얼굴에 돋아난 나의 이 붉은 꽃들은
이른 봄 부서지는 빗방울 속에서 속삭이던 너의 이야기 소리처럼 가볍게 짜내 버릴 수 있는 추억의 고름이었을 지도 모른다

그리하여 사랑의 아픔은 말초에서 시작되고 온 가슴은 그것을 느끼기도 전에
불타 허물어지는 것이다 그것이 내가 믿어야 하는 것처럼 완전하고
진실한 하나의 사랑이었다면 이렇게 젖어드는 봄날의 끝이 후비는
가슴속 노을 같던 심장만 그렇게 끊어지지는 않았을 것이다

그것은 네가 나를 버려야 했던 결정적 이유였고 내가 너를 사랑하지 않았다는
무엇보다도 확실한 증거였다

그리하여 진정 꽃은 시들 것이다 가볍고 차가운 고름만 남기고 불꽃은 이내
사그라질 것이다 아픔은 오래도록 노을 속에서 설레고 나는 진정 사랑이
무언지 모른 채 봄의 흔적 속에서 졸린 눈을 감을 것이다

후회

사람의 이야기가 시작되는 후회로부터 나는 미련을 버릴 수 없다
어떻게 우리가 그 모든 것을 떨쳐 버릴 수 있었겠는가

모든 이야기의 순간에 세상 모든 즐거움들이 우리를 사로잡아
아침이 아프게 밀려와도 우리는 후회 없이는 살 수 없었던 것을
이런 어리석음과 미련으로 죽음이 영원하듯 이야기도
그랬던 것을 그래서 나는 오늘 배고프다

다시 스치듯 만나다

그녀의 목덜미를 바라보며 나는 춥다 목이 흰 그녀의 가슴으로 흘러내리는 폭포같이 검은 머리칼도 시릴 것을 나는 안다 그러나 아는 것뿐이다

그녀의 푸석한 입술을 에이는 쓰라린 오렌지도 그녀의 혓바닥에서는

삭아지지 않는다는 것도

그녀의 작은 손 마디마디 하나하나가 이른 봄을 펼쳐 드는 연두색 이파리들을 떠오르게 한다고 해도 나는 그녀의 자궁을 짓누르는 수천 근의 굵은 나이테를 안다 다만 기억을 하는 것일 뿐이다

비가 내리는 날에 나는 그녀를 만나 이 열광의 도시 한복판을 지독한 한기에 떨며 지나야 했던 것 같다 하지만 내가 그때 그것을 알고 있었던 것인지 그것을 알려하지 않는다 다만 내 기억이 돌이켜질 때 추울 뿐인 것이다

그녀와 나의 체온이 서로를 느끼지 못할 만큼의 거리

에 있었다고 해도 어떻게 그것이 그토록 완전한 단절을
의미할 수 있었는지 그녀를 다시 바라보고 있는 이순간
에도 나는 모른다

노을

쉬이 어길 수는 없었다 곱게 물든 너의 이마는
강물에 빛나고 빛나는 강물이 선홍색이어서 그랬다

기약 없이 잊혀질 줄 알았다면 강물이라도 떠다
혈서 한 장이나마 써줄 것을
네 웃음만 말갛게 샛별이 되었다

옛 맹세를 건 이름이 되었다
너는 외로워지고 푸른 아픔들이 아우성치리라고
파국의 함성이 깊어지고
너는 타오르리라고 뜻대로 너는 타오르고
아침부터 가을비가 내려 오늘은
나도 지킬 것을 안다

고해소 앞에서

참 어여쁜 하늘빛이다 스테인드글라스처럼 푸른 너를 믿으니
내 죄가 어디서부터 시작되었는지 돌아다보아도 지평선은
보이지 않고 붉은 등 켜진 골목만 겹겹이다

그 골목 안에서는 어느새 수천의 네가 기어 나와
수천의 키스를 퍼붓고 수천의 같은 이름을
내 입술에 새긴다 입술은 향그럽고 달콤하다

그래서 오늘은 붉은 날이다 기쁘고 즐거운 날 지금의 너인 그도 쉬었다

쉬일 줄 모르는 것은 바다 같은 내 어미의 눈물뿐
바다 같은 어미의 눈물은 붉은 날에도 마른 땅을 적시는
너의 붉은 체액일 뿐이다

나의 정액일 뿐이다 그렇게 나는 수천 번도 더

너를 겁탈하였구나 너를 훔쳤구나 너를 묻었구나
너를 묻고 나는 붉은 사과나무를 심었다

붉은 네 아내의 심장처럼 붉은 네 자식들의 심장처럼
붉은 네 탐욕스런 심장처럼 나는 붉은 사과나무를 심었다

참 어여쁜 하늘빛이다 스테인드글라스에서 흐르는 핏방울처럼
어여쁜 하늘빛이다 지평선 너머로 타는 피가 흐른다

슬픈 여자

슬픈 여자가 보고 싶어질 때
차라리 웃지요

라일락이 피어도 안 웃고
원추리가 피어도 안 웃던
병신

차라리 웃지요
슬픈 여자 보라고
웃지요

일생

한여름 짙은 그늘이 눈부신 날에 가슴을 부풀린 나무의 숨결로
숲의 영혼이 되는 당신처럼 나는 기쁜 소식이고 싶었습니다

얼굴 한가득 웃음을 안고 티 없는 햇살처럼 백사장을 달리는
당신처럼 나는 고마운 사랑이고 싶었습니다.

한여름 짙은 그늘이 푸른 날에 눈부시도록 당신을 닮은
자랑이고 싶었습니다. 그러고만 싶었습니다

나는 재로 남을 것입니다. 아프고 차가운 낮은 목소리로
사람의 말을 사르고 당신과 나 없었던 무성한 여름날처럼
나는 한 줌의 다른 것이 될 수 없는 재로만
공기 중에 흩날릴 것입니다

시(詩)가 없는 기쁨과 영광을 무성한 여름에 노래할 것입니다

제4부

아름다운 사람은

아름다운 사람은 알지요
아름다운 햇살 오월에 내리는 날이면
왜 오동꽃은 그리도 진하게 피는지

아름다운 사람은 알지요
푸른 그림자 거리에 자욱한 오월이면
하얀 스커트 나풀거리는 아가씨들의 웃음소리
향기처럼 남아 있는 벤치는
왜 그리도 가벼웁게 흔들리는지

아름다운 사람은 알지요
고마운 오월이 물들이는
사람의 마음 같은 꽃잎들도
가장 좋은 시절 하늘의 깊이처럼
알 수 없는 것이 있다는 걸

껍질이 두꺼운 달

나에게서 얻을 것이 아무것도 없다는 것을 알고 난 후 그는 잡다한 것에 매달리기 시작했다 내 지루한 망설임이 목구멍에서 울려나오는 허파꽈리의 긴장 때문이라는 얘기는 가끔 했지만 내 고름 같은 상투적 일상을 끄집어낸 적은 한 번도 없었기 때문에 나는 적잖이 흥분하지 않을 수 없었다

사실 나는 그를 그라고 불러야 하는지 아니면 그녀라고 불러야 하는지에 관해서조차 생각해본 적이 없었다 그녀는 단지 딱딱한 조가비 껍질뿐이었다

그녀는 흰 눈 내린 산등성이 굽이굽이를 차갑고 푸르게 달리며 메아리치던
가볍고 낮은 목소리로, 살구꽃 그늘 아래에서 빛나는 얼굴로 내 창자에
파편처럼 박히던 따뜻한 웃음으로, 더욱이 속살의 비린내가 별도 없는 밤의
사이사이를 설레며 흐르던 젖은 바람 속에서, 그는 단

지 집요하게 내 기억의 서랍을 뒤지고 있을 뿐이었다 그것은 말라붙은 피딱지일 뿐이었다

고로쇠처럼 체액이 샘솟던 어린 상처들은 이미 아물고
탄력 잃은 적갈색
흉터들만이 그녀가 끄집어 내놓은 잡동사니들 속에서
드문드문 말갛다

그는 내가 자신처럼 딱딱해지기를 바랐다 더욱 굳어져 단단하고 영롱한 존재가 되기를 바랐을 것이다 그러나 그녀가 얻은 것은 이것뿐이다 그가 얻은 것은 그녀의 원래 이름뿐이다 그것이 나의 피딱지 속에서 나온 상투적 일상에서 얻어진 것뿐일지라도 그는 몹쓸 추억이고 딱딱한 달이다

비가 멎고

보내신 편지가 비에 젖었습니다 푸른 얼룩이 고요히 번져납니다

겉봉에 적으신 이의 이름은 잉크를 담뿍 묻히셨는지 너무 깊이 베어들어 지울 수 없을 것 같습니다 수고롭게 보내신 마음을 열어 촘촘히 적으신 풍경을 들으려니 창으로 드는 바람이 먼지를 몰고 왔는지 눈을 비벼도 제대로 떠지지 않고
잠시 감은 눈이 붉어질 뿐입니다

적으신 풍경은 이미 안개에 젖었지만 들려주신 바람의 날갯짓이며 풀잎의 향기로운 속삭임이며 도란거리는 냇물의 단아함과 눈 내리는 새벽의 회색 종소리도 세세하게 적어 보내주셨습니다

잉크는 안개에 몸을 기대어 유유히 떠 흐르고 보내신 마음은 스며든 눈물을 타고 풍경이 됩니다 비는 그친지 오래인데 보내신 편지는 아직 얼룩에 젖어있습니다 소인

(消印)은 오늘처럼 비가 멎은 날, 맑은 공기와 화창한 햇살 아래 웃고 있었습니다

가을이 오네

폭풍 스러진 칠월의 밤하늘을
미끄러지는 별똥처럼

스쳐가는 당신 고운 웃음 호수처럼
이 마음을 비추이고

붉게 물든 손끝으로
오는 가을

유리알

물은 흐르고 오늘 하늘에 별이 없다

정든 동안 나는 너의 볼록한 가슴만 바라보았고
너의 가슴은 맑은 유리알이라
살갑고 천진스런 웃음 파도처럼 부서졌었지
너의 가슴에선 젖내음 가득한 아기의
숨결이 들려왔다

아직 희망이 무언지 몰라도 슬프지 않은 생명의 노래

투명한 유리알 웃음이 네 가슴에서 부서지고
검은 물은 소리 없이 흐르지
노란 기억은 꺼져가는 거다

좁은 마음

내 가슴에 작은 종지에는 닿을 수 없는 별들만 가득히 찰랑거리네

꿈속에서 깜빡이던 소녀의 얼굴 부질없는 생각에 생채기를 입히던

가시 돋친 농담들 이제는 성긴 추억이 된 하늘색 객기도

아낌없는 사랑으로 매를 들던 눈물 찰랑이는 별들로 가득히 빛나고

동쪽하늘을 낮게 휘돌며 지나는 오리온 별자리가

이제는 닿을 듯하네

반송불가

모두 이름이 있어 돌아왔다
돌아오고 돌아가는 것은 모두
이름 있는 것들뿐이다

이름 없는 것은 돌아오지 않는다
나도 돌아오지 않는다

변신

잎새가 지더라도 잔인해 지지 말자
죄가 끝나더라도 사랑은 남을 거다

모진 바람이 차가워도 그리워하지 말자
마지막 버스가 오고 나는 간다

쓰잘데기 없는 말로 나는 아픔이 되었구나
쓰잘데기 없는 마음으로 나는 슬픔이
되었구나

너는 나의 변신을 바랐다
참회를 바랐다
나는 벌써 창밖의 네 얼굴을 지운다

죄가 잎사귀 없는 거리에 끝이 없다
요동치는 마지막 버스는 그리움도 없이 차가와 진다
나는 변신한다

변명

잊어야 할 것들이 있다 보내고 싶지 않았어도 떠나야만 할 것들이 있다
모든 희망이 모든 꿈이 이루어져야만 하는 것은 아니니
내가 그리는 유리창의 그리움도 모두 그려져야만 하는 것은 아니다

다시 눈앞이 캄캄해오고 짙은 겨울의 입김만 메아리쳐 돌아도
청춘이 내게 준 선물은 손마디 마디에 박힌 말간 굳은살 이십사 캐럿
나머지를 다 살다 간다 해도 잔인해 지지 않을 안타까움도
나는 한몫으로 챙기자

나는 성당에 앉아 조용한 하품을 그에게 바쳤다 천천히 내딛는 한발 한발이 내 지구의 자전보다 느려져도 너는 재촉하지 않았다 내 이상한 언어의 눈물이 우리 사이의 건널 수 없는 바다여도 나는 너를 목말라 하지 않았다

내가 타 마시는 테레핀도 린시드도 너를 녹여 희석시킬 수는 없었다

그래서 그는 나에게 나를 맡겼으니 잊어야 한다 떠나고 싶지 않았어도
보내야 한다 꿈꾸던 일들이 모두 이루어진다 해도 닳을 듯하던
네 얼굴만은 가난해져도 잔인해지지 말아야 한다

겨울잠

그림자를 밟지 못했다
달이 푸른데도

함부로 설레었던 꿈이
가슴을 에어도
맨발이 시리다

눈물로 비비던 뺨이
얼굴을 녹여도
썩을 수 없는 입맞춤이여

자는 듯 살 것이며
멈춘 듯 볼 것이다

눈발에 언 홍시처럼
신선한 심장이여

헤어진다는 것은

헤어진다는 것은 가슴을 메우는 메스꺼운 울렁거림이지
그래도 헤어진다는 것은 제주도 에메랄드빛 바닷가에
부서지는 파도 그을린 소년의 얼굴에 피는 즐거움이야
그래도 헤어지면 잊지 못할 그리움 하나를 내게 남기고
가야 할 너의 운명이지

헤어진다는 것은 토실한 밤송이들이 깔깔대며 햇살을
노래하고
키 큰 은행나무가 다시 천 번째 옷을 갈아입는
소망의 계절이 쓸쓸해지는 이유지

그래도 헤어진다는 것은 별들이 길을 따라 깊은 하늘
위를 오가는 것이
두려워지지 않는 자연스러움이지

헤어진다는 것은 덕수궁 돌담길에도 혜화동 마로니에
공원에도
눈이 내리는 거야 그래도 헤어진다는 것은 지하철에서

버려진
  신문지를 주워 파는 영등포 쪽방 할아버지에게도 온종일 술병을 부는 아버지에 지친 서울역 작은 아이에게도
  평화와 사랑이 가득히 내리기를 바라는 쓸모없는 시인의 기도가
  차가워지는 이유지

  그래도 우리가 서로 헤어진다는 것은 약속 없이도 지킬 수 있는
  움트는 봄을 향한 여행인 거야

첫눈

초저녁 하늘이 자주빛이었다 잠든 마을에는 바람 한 점 없는
고요함이 가득한데 무엇을 듣는지 옆집 누렁개가
자꾸 컹컹거린다

고맙고 미안했다 따뜻한 어둠의 평화를 기다리다
내내 불을 켠 흰자위가 가렵다 그래도 그리우면
어찌할 줄 모르고 베어 먹는 밤
지난 계절에 더욱 성기어진
은빛 미사포 쓰신 어머니 생각에
쓰다 놓은 연필이 한없이 구른다

평화는 오지 않았다 꿈이 목놓고 있는 좁은 가슴은
빛나는 이슬을 애원했지만 때묻은 창가에 돋는 새벽의
살갗은 멀리 울리는 종소리마저 얼리고 있었다

비행

파도는 경계에서 희게 밀려온다 날개가 그것을 타고 매끄럽게
미끄러져 내려가듯 경계에서 바닥까지 부푼 한숨의 밀도에
반짝이는 지느러미 여기 하얀 평원에 머무는 가벼운 것들
아직도 위태로운 비명들이 꼼지락대는 심연의 유혹에
설렐 뿐

백구

백구가 날아 오른다 떠돌이 개 백구는 동네 식당 짬밥
통을 밥그릇으로 살았다 그러나 얼마 전부터 그마저도
사람들이 다 가져갔다

백구는 목숨 걸고 트럭이 내달리는 차도를
횡단해 아파트 쓰레기통을 뒤져야 했다

아직 따뜻한 백구는 횡단보도 위에 누워있었다

누구도 돌보지 않는 몸, 고기가 되었다
고기가 되었지만 그를 데려가려 기다리는 것은 그의
향기를 맡은 까마귀 한 마리
그를 데려갈 것이다

| 해설 |

그의 詩는 구음이고, 그의 그림은 현재고, 그의 몸짓은 구원을 향한 등신불이다

— 『고해소(告解所)앞에는 등불이 켜져있다』에 붙여

박재홍 | 시인 · 계간 『문학마당』 발행인

문승현의 詩의 플랫폼은 고해소(告解所)다. 아름다운 가구와 천장에 달린 상자 모양의 구조를 갖은 세 개의 방으로 구성된 가운데는 사제를 위해서 양쪽 방은 무릎을 꿇고 고백하는 고백자의 구조를 가지고 있다. '詩와 그림과 몸짓'은 그에게 있어 장애를 가진 자만이 들리고 보이는 몸짓의 영성체인 것이다.

우리는 거기서 마리아와 어머니 그리고 사랑하는 사람의 내밀한 조율이 만들어 내는 하모니를 통하여 자신의 삶의 뒤안에 둔 곳에 설치된 고해소 앞에는 전등을 켬으로써 현재를 알리는 우리의 무너진 본능에 대한 '고해성

사'가 이루어질 수 있음을 안다.

北窓에 나부끼는 푸른 잉크빛 햇살이 저의기 가난하다

바알간 대추알이 잔인하게 익어 가는
사색(思索)의 주검들이 하늘로 나는

홀로섰다, 어둔 방안을 서성이며 굶주린 사랑
그런 날, 나는 고백하고 싶다
—「가을」 전문

북망산을 향한 몸짓일지 모른다. '푸른 잉크빛 배경'을 한 무대를 뒤로 하고 시인은 대추알에 비유한 색채를 드러냄으로써 현실의 잔인함을 형상화했다. 각궁에 활의 줄을 매는 것처럼 아플 문승현 시인의 몸짓은 무대에서 공기를 따라 흘러간다 계절의 이면처럼 중력을 받으며, 굶주린 사랑이 어두운 방안을 서성이고 홀로서서 그런 날에 고백을 하고 싶어하는 젊은 피가 돌고 있는 것이다. 그 안에 드러난 삶과 주검의 미완을 완성시키는 '북창'은 고해소의 한쪽 귀퉁이요 북망산의 아름다운 명당을 향한 준비라고 보여진다.

푸른 산에 잠긴 무서운 달이 피빛 東天에 피어나고

구름이 엇갈려 내비친 처량한 호수 안에는
상처 입은 날개를 단 사람의 이름이 있다

작은 가슴속에는 조각난 파편들이 박혀 있어
천구(天球)를 지나는 주검이 확인되지 않았다
—「비행(飛行)」 전문

현실의 창백한 얼굴에 붉은 달의 눈이 동천에 피어나고 구름이 엇갈려 내비친 호수 안에는 상처입은 날개를 단 사람은 '천사'다 뜨거운 욕망에서 창조된 불같기도 하고 투영적인 존재들을 창조한 실체적 천사가 존재한다는 것에 대한 의구심을 드러낸다. 문승현 시의 가장 많은 내면에 드러내고 싶지 않는 심미안의 수줍은 모습을 볼 수 있다. 매일 주검을 생각해야만 했던 현실과 괴리된 장애인의 삶의 일부일 것이다.

저문 하늘 아래 장미 눈물방울이 빛나고

골목을 쏘다니던 아이들은 노오란
수은 불빛이 차갑게 음영으로 남을 즈음

한낱 보잘 것 없는 神의 이름을 빌린
상념들만 빈 허공을 삭이며

젖은 담벼락을 긁고 있다.

—「귀가」 전문

장밋빛 눈망울인지도 모른다. 저문 하늘 아래 그는 골목을 쏘다니던 아이들은 노오란 수은 불빛이 길게 그림자를 늘어뜨리며 바쿠스처럼 상념들이 신의 이름으로 젖은 담벼락을 긁고 있는 것 즉 본인의 내면이 형상으로 드러난 것이다.

달빛이 창가에 앉는 섣달 보름

내 꿈의 저편에서 햇살이 돋고,
찬란한 겨울 하늘에 번지는 눈부심
참 흐뭇하고도 서러웠다

스스로 메마른 내 모자란 사랑
눈밭을 적시는 중에 멈칫거린다

—「보름밤」 전문

조주 선사의 말처럼 '달을 보지 않고 달을 가리키는 손가락 끝을 본다' 고 하지 않던가 어쩌면 아직 시인의 장래가 밝은 것은 내면과 외면의 균형이 잘 드러난다는 점이다. '평화는 내면에서 온다' 는 말처럼 시인의 삶에 대한 자세가 돋보인다고 할 수 있겠다.

> 가여운 새, 떨구어진 꽃잎이 바스라지는 마른 밤을
> 너는 모르는 듯 목을 태워 부르는
>
> 너의 詩가 이제 나는 힘겹구나
> —「소쩍새」 전문

시인은 자연의 동성상응(同聲相應)에 대한 두려움이 있다. 자신의 현실이 거울을 보는 것처럼 형상화가 잘 된 작품이다. 스스로의 장애를 인정하고 시간이 꽃잎처럼 바스러지는 마른 밤에 보내어진 몸짓은 '너의 詩가 이제 나는 힘겹구나'라고 시인하고 만다.

> 나는 나의 사랑을
> 새벽 기슭에 숨겨 놓았기에
>
> 계절의 소멸시효에 맞추어
> 두렵지 않고 네게 물린 곳에 자란
> 티눈처럼 웃으며 눕는다
> —「사마귀」 부분

자신의 뒤늦은 사랑은 새벽기슭에 숨기고 계절의 소멸

시효를 인정하며 주검을 받아들인 버마재비에 물려 자란 티눈처럼 웃으며 눕는다 다시 버마재비가 뜯어먹는 육식성을 드러낸 것이 사람의 '사랑'인지도 모른다. 사회적 우성인 인자만을 인정하는 생태적 표현을 드러낸 것이다. 즉 이 표현은 바로 장애인의 애닯은 사랑을 그려낸 아름다운 절창이다.

그래, 어느 끝으로 가면 수없이 헤매다
먹을 대로 먹어 움쩍하지 못하기 전에
어머니의 눈물이 비추지 않을
어느 끝으로 가자.
—「끝」 전문

장애를 앓는 사람들은 가족도 장애인이고 활동보조도 장애인이고 사회복지사도 장애인이고 세상의 편견은 무례하다. 특히 그는 끝으로 가면 움쩍 못하기 전에 어머니의 눈물이 보이지 않는 곳이라면 어디든 가겠다는 고통스러운 역설을 드러낸다.

한낮의 졸음 속에 있었다

미사가 있는 것도 아닌데 성당은 허파 가득히
더운 공기를 들이마시며 안으로 울

준비를 하고 있었다

성당 오르는 길은 세상에 하나 울 것 없어 보이더니
동산에 어머니는 이천 년을 하루같이 우셨다 했다
그러함일까 파이프오르간은 삼종기도 종소리에
그 긴 성대를 가다듬었다

이윽고 허파는 오색찬란한 울음으로
부서지고 아들은 어머니 앞에서
숨을 거두었다
—「명동성당」 전문

마리아의 속으로만 우는 이별을 준비하는 모습이 잘 드러난다. 성당 자체가 허파가 되어 공기를 공급하고 스스로 성당을 오르는 길은 세상에 하나 울 것 없어 보이는 성스러움도 거대한 파이프오르간은 삼종기도 종소리와 그 슬픔의 목울대를 가다듬고 노을지는 어느 한낮 졸음 속에 오색찬란한 울음을 우는 어머니 발 아래 숨을 거두는 차라리 처연한 문승현의 천륜의 딜레마를 드러낸다.

그것은 내 허망한 시간의 죄 남겨진 때를 그토록 열렬히 사랑해야 했다 하면
나는 왜 그토록 차갑게 슬퍼해야 했을까 왜 그토록 쓰디

쓴 웃음만을
지으며 싱겁게 뒤돌아서야 했을까

지나간 여름 햇볕이 땅 위에 뜨겁게 목놓아 울었을 때
나의 골은 냉장고에서 상하지 않았다
—「신선한 삶」 전문

뜨겁게 사랑할 줄 아는 청년이었던 시인은 왜 그토록 슬퍼했을까 하고 묻지만 그는 이미 사회적 편견에 노출된 장애인의 삶의 굴절을 알기에 '싱겁게 뒤돌아서야 했을까' 라고 싱겁게 묻는다. 그것은 햇볕처럼 뜨거운 사랑을 잃고 목놓아 울었을 때 이미 뇌병변을 앓고 있는 시인의 천재적 이성은 냉장고에서 상하지 않았다는 현실적 편견을 딛고 일어선다.

내가 떠듬거리며 말을 하기 시작하던 날
너는 아직 준비되지 않은 처녀의 몸
—「11월의 비」 전문

시인이 태어난 '어느 날' 이다. 말을 했지만 떠듬거렸고 아직 준비되지 않는 처녀의 몸을 지칭하나 그것은 사랑에 표현을 배우지 못한 젊은 날의 초상이다.

밤새 그린 캠퍼스에는 얼굴이 슬프다 일어나 즐거울 때에도
처음 맞이하는 너인 것처럼 겉으로 웃지만 굳어진 화면은
익명의 얼굴

하나의 울음이 번져 꽃이 되고 시드는 가슴이 되어 흩어
질 노래
이름이 없는 얼굴에 비친 내 얼굴에는 맺힘이 없다
—「자화상」 전문

언젠가 시인이 그린 그림을 본적이 있다. 자신의 자화상 그림임에도 그는 굳어진 화폭 속에서 익명의 무표정한 얼굴로 화가 나 있다. 하나의 울음이 번져 꽃이 되고 시들고 얼굴에 비친 스스로의 얼굴에 맺힘이 없다고 항변하나 그것은 항변이 아니다. 인정이며 살아갈 날의 미래를 위한 순응의 삶인 것이다.

언제라도 볼 수 있었을 사람 차마 이름 부르지 못했을 사
람 사람이 사는 것은
단지 불려지기 위하여 기억으로 있는 것은 아닐진대

모든 죽음을 넘어서 부르지 못할 이름일지라도 사랑스럽
게 불러야 할 사람
언제나 잊혀짐 속으로 떠나는 사람

—「그 사람」 전문

시인의 사랑은 미완이다. 자신의 삶이 불온하고 미래가 불투명한 시계 속에서 시침처럼 살지라도 단 한번도 사랑을 포기한 적이 없다. 그의 시의 안정감의 실체는 바로 '사랑'임에 틀림없다 그것으 바로 '삶의 균형'으로 견고해 진다.

다시 당신의 깨어나야 할 한순간에는 다시 깨어나는
언제나 고맙고 착했던 이 계절 한 잎 남김도 없는 참되고
애정 어린 축복으로 망각하는 것
—「목련」 부분

그림 하나 詩 하나 소리 하나 하나면 족하더라

우리는 언제나 슬픔의 바다 위에 떠도는 난파선의 잔해
조류와 파도는 우리를 알 수 없는 대양의 끝으로 인도하고

나는 어느 백사장에 누워 해와 별을 생각해 보니
슬픔의 바다 위에 나는 거짓말만
사정하고 있었더라
—「반성문」 전문

시의 발현과 반추가 진정성이 있어 문승현 시인의 시는 미래지향적이다. 창의적 이라는 것은 일상에서 얼마만큼 생산성을 확보하는지에 대한 기능성을 중시한다. 그런 점에서 문승현 시인의 시는 미래가 밝다. 자신의 깊은 침잠의 내면 속에서도 현실에 인정을 하며 거짓 사정을 하고 있던 부분에 대해 인정한다. 누가 과연 자신의 일상이 이토록 처연하겠는가

> 모든 죽음을 넘어 이 계절에 우리가 다시 보아야 할 곳으로
> 다시 혼자서 걷자.
>
> —「다시 혼자 걷다」 부분

그의 시만 그런 것이 아니다. 살아온 날수만큼 넘어선 죽음이 있었고, 늘 새로운 곳을 향해 사랑하는 사람들과 이별하며 혼자서 걷고 있는 군상이 바로 인간의 유전적 형질이지 않는가.

> 더는 세상에 시가 없어 그대들 더운 사랑을 나누고 잠든 밤처럼 깊은 평온을 이룰 참으로 기적처럼 사람은 이름이 되고 이름은 별이 되어 저 영원한 천구에 운행하는 운명이 될 오늘은 내 어린 것들의 해맑은 웃음 속에서 나에게 돌을 던졌다.
>
> —「집행」 부분

긍정은 새로운 도전의 부정으로 태어난다. 그의 삶이 장애의 멍울을 쓰고 태어난 것처럼 극도의 자기 불안과 미래 그리고 현실에 대한 생존이 또 다른 습벽과 강박과 준비의 시간이 기도처럼 지나가는 결국 그것이 자신을 향한 돌팔매로 이해하는 그리고 누군가가 결행한 작금의 현실을 아이러니한 피안의 수인으로 들어선다.

내 아주 어릴 적 이제 막 앞니가 뾰족이 나기 시작할 무렵
나는 일생 서러운 열병을 앓았었어

힘이 없어 젖을 빨지 못하는 내게 어머니는 내 날카로운 하얀 이가
젖꼭지를 베어내기까지 미련한 모정으로 젖을 물리셨어

그때에 나는 어머니의 젖과 내가 베어낸 젖꼭지에서 떨어지는 피로
오늘을 살았던 것 같아

세상 모든 아들과 딸은 제 어미 아비의 땀과 피로 오늘을 살지
그래서 너희는 모두 아귀 같은 흡혈귀야

살아 있는 모두가 그와 같아 살아 있는 모든 것은 또 다른

살아 있는

모든 것의 피로 오늘을 살고 어미와 아비의 새끼들도

내일을 살기 위하여 어미와 아비의 살과 피를 마시며

오늘 가엾은 흡혈귀가 되는 것이야

—「흡혈귀」 전문

모자의 천륜이 등신불이다. 장애를 앓는 과정과 어머니의 젖꼭지가 떨어지도록 육신보살의 어머니, 어미는 슬퍼할 겨를이 없을 정도로 젖을 물린 이야기 그 가피로 오늘을 사는 아들은 자신이 아귀같고, 자신이 흡혈귀라고 규정하며 서로를 위로하고 있으나 이것은 황홀한 신의 섭리라 여겨도 좋을것 같다.

도서관 가는 좁단 길 고된 땀이 묻힌 판잣집 하나 덩그렇게 누워 있는

뒤안길로 떠날 마을 하나

돌아오면 찾는 떠나는 자들 그늘 아래

심어 놓은 오동 한 그루

무성히 메달은 눈물들

풍경처럼 바람에 날리어

백성들의 노곤한

가슴의 연보랏빛 피멍으로는

꽃피지 마라 자꾸
—「오동나무꽃」 전문

옛 기억이 따뜻해 오늘처럼 매화꽃이 희게 피는 날은
연분홍빛 웃음만 눈부시고 봄비 투명하게 내리는
우리 사랑의 돌아오지 못할 길은
아스라이 멀어지는데 못난 자식의 눈물로
잊혀지는 약속은 당신의 얼굴을 휘도는 것을
꿈은 겨울처럼 오늘로 사그라지고
오는 봄에 당신의 얼굴에서 눈부신 웃음이 되지요
—「졸업」 전문

오동나무는 태어날 때 기념하고 떠날 때 베어서 쓰는 삶의 시작과 끝이다. 보라색 묘한 꽃을 피울 때는 황홀한 적도 있었을 것이다. 무상심을 잃지 않도록 경쾌한 운율을 느낄 수 있도록 상포사 앞을 지나는 시인의 호기심이 잘 드러나 있고, 졸업은 새로운 모성에 대한 깊은 신뢰와 감사가 있어 한 시절을 옳게 산 모자의 담담한 풍경이 한 폭 떠오른다.

참 어여쁜 하늘빛이다 스테인드글라스처럼 푸른 너를 믿으니
내 죄가 어디서부터 시작되었는지 돌아다보아도 지평선은

보이지 않고 붉은 등 켜진 골목만 겹겹이다

그 골목 안에서는 어느새 수천의 네가 기어 나와
수천의 키스를 퍼붓고 수천의 같은 이름을
내 입술에 새긴다 입술은 향그럽고 달콤하다

그래서 오늘은 붉은 날이다 기쁘고 즐거운 날 지금의 너인 그도 쉬었다

쉬일 줄 모르는 것은 바다 같은 내 어미의 눈물뿐
바다 같은 어미의 눈물은 붉은 날에도 마른 땅을 적시는
너의 붉은 체액일 뿐이다

나의 정액일 뿐이다 그렇게 나는 수천 번도 더
너를 겁탈하였구나 너를 훔쳤구나 너를 묻었구나
너를 묻고 나는 붉은 사과나무를 심었다

붉은 네 아내의 심장처럼 붉은 네 자식들의 심장처럼
붉은 네 탐욕스런 심장처럼 나는 붉은 사과나무를 심었다

참 어여쁜 하늘빛이다 스테인드글라스에서 흐르는 핏방울처럼
어여쁜 하늘빛이다 지평선 너머로 타는 피가 흐른다

—「고해소 앞에서」 전문

백구가 날아 오른다 떠돌이 개 백구는 동네 식당 짬밥
통을 밥그릇으로 살았다 그러나 얼마 전부터 그마저도
사람들이 다 가져갔다

백구는 목숨 걸고 트럭이 내달리는 차도를
횡단해 아파트 쓰레기통을 뒤져야 했다

아직 따뜻한 백구는 횡단보도 위에 누워있었다

누구도 돌보지 않는 몸, 고기가 되었다
고기가 되었지만 그를 데려가려 기다리는 것은 그의
향기를 맡은 까마귀 한 마리
그를 데려갈 것이다
—「백구」 전문

문승현 시인의 시를 정리하며 느낀 것은 헤파이스토스를 닮았다. 그의 아내는 아프로디테로 시 속에 나오는 공기의 순환구조를 가진 기체의 바람을 일컬음이다. 그것은 호기심이지 역경은 아니다. 하지만 누구보다도 자의적 노력이 강한 시인이다. 또 춤꾼이다. 더불어 화가다. 그의 어머니는 헤라가 아닌 육신불 또는 육신보살도 마다하지 않는 등신불이다. 시는 그의 구원의 비늘이자 미늘이다. 앞으로 문승현 시인에게 살아갈 날이 언어의 경제성에 대한 구조적 인식이 필요하지만 두텁게 가진 사랑의 가피 속에서 세상을 향한 따듯한 시선으로 문학적 성취가 있기를 바란다. 반추하지 않는자 어찌 내일의 문을 열겠는가.

2017 장애인 창작집 발간지원 사업 선정 작품집

고해소 앞에는 등불이 켜져있다

1쇄 발행일 | 2017년 12월 28일

지은이 | 문승현
펴낸이 | 정화숙
펴낸곳 | 개미

출판등록 | 제313 – 2001 – 61호 1992. 2. 18
주소 | (04175) 서울시 마포구 마포대로 12, B-127호(마포동, 한신빌딩)
전화 | (02)704 – 2546
팩스 | (02)714 – 2365
E-mail | lily12140@hanmail.net

ISBN 978 – 89 – 94459 – 87 – 5 03810

값 10,000원

주최 | 대한민국 장애인 창작집필실
주관 | 장애인인식개선오늘(고유번호 305-80-25363. 대표 박재홍)
심사 | 발간지원 사업 심사위원회
후원 | 대전광역시, 대전문화재단, 갤러리예향 좋은친구들, 대전광역시버스운송사업조합, 드림장애인인권센터, (주)맥키스컴퍼니, 계간 문학마당, (주)삼진정밀, 대한민국창작집필실, 한국복제전송저작권협회, 한국장애인문화네트워크
문의 | **(042)826-6042**